外套

陈运能 著

北京燕山出版社

图书在版编目(CIP)数据

外套 / 陈运能著. -- 北京 : 北京燕山出版社,
2021.11
ISBN 978-7-5402-6228-0

Ⅰ. ①外… Ⅱ. ①陈… Ⅲ. ①诗集－中国－当代
Ⅳ. ①I227

中国版本图书馆CIP数据核字(2021)第232674号

外套

责任编辑　金贝伦
装帧设计　杭州读客文化艺术发展有限公司
作　　者　陈运能
出版发行　北京燕山出版社
社　　址　北京市丰台区东铁匠营苇子坑138号
电　　话　010—65240430
邮政编码　100079
经　　销　全国新华书店
印　　刷　杭州万星印务有限公司
开　　本　880mm×1230mm　1/32
字　　数　160千字
印　　张　8
版　　次　2021年12月第1版
印　　次　2021年12月第1次印刷
书　　号　978-7-5402-6228-0
定　　价　40.00元

序

陈运能博士的诗集要出版了，作为老同事老朋友，当然是很高兴的。一个人爱读诗写诗，是一件很高雅的事情；爱读诗写诗且能坚持几十年而最终成集，则是一件很不易的好事；能坚持写诗又最终结集出版，则更是一件足以自豪的盛事。如今，陈博士做到了，做成了，应该给予一个大大的祝贺。

然而，接到这本诗集，捧读之后，心里不免涌上一阵酸楚。我是学中文的，大家知道，对于文学创作，学中文的人往往有眼高手低的毛病。大抵有两个相互纠缠的原因：一是专业性好作品读得多了，文学鉴赏能力自然会高一些，对于一般的作品，尤其是自己的东西，经常是很看不上眼的。二是正因看不上一般的作品，所以也就没兴趣写作。反正写出来的东西，自己就先否了、扔了。时间一久，手艺生疏，写作的兴趣和信心，慢慢丧失。加上网络时代、自媒体时代，保持文学写作的心境，更是难得。常常是抱着手机，胡诌几句打油、歪批几条评论而已，沦为冬烘。所以，文学写作是一件需要心境、勇气和信心的事，写诗尤其如此。因为写诗"易学"难精，很难坚持。如今，读到了陈博士的诗集，真是百感交集。因为，陈博上是理工科的，对照之下，我们学中文的，情何以堪。

对于文学，陈博士爱读、爱写作，我是早知道的，但总感觉很不理解。这么多好书、好诗，我们穷其一生都读不完，还写这些干什么？更没必要印制出版，无非是自寻其乐，给这世上增加一点废纸而已。况且，一个理工男，能写出啥好东西？……这一次因为要写这读后感，捧着诗稿，断断续续读了十几天，很是产生了一点震撼和感动。觉得陈博士的诗歌创作，完全超乎了我的陋思成见，很值得说道。在这里，我主要谈三点感受：

一是陈博士已经从朴素的诗意抒写阶段，进化到了诗歌创作的境界。喜欢写、写过诗的人都有体会：心有所感，下笔成诗，这是一个很美好的过程。这个阶段，诗意是单纯的，抒情是真诚的，写作是朴素的，但往往作品是单薄的。多写以后，就会有自我重复、思竭才尽的苦恼。从习作到真正的作品，光靠灵感、光靠好词好句是不够的，还需要更深刻的体验、更丰富的想象、更多样的创作艺术。纵观陈博士的诗集，体现了这个进化的轨迹。我们可以对照阅读一下《小草吟》和《三月，我遇见了郁金香》。如果说《小草吟》只能算是一首清纯的习作，那么《三月，我遇见了郁金香》，就是一首超脱了一般吟诵花草的好诗，在这首诗中，你看不到郁金香的具象，只能体验到作者的诗兴和诗意了，正所谓"得意忘形"。两首《外套》，也可以对照阅读。当然，这种进化不是直线的，会有反复，也有波动。

二是陈博士已经从追求诗意生活阶段，进化到了构建诗化生活的境界。喜欢读诗、写诗的人，往往都是心灵细腻、敏感多思的。因而，常常有摆脱日常俗务，寻求片刻美好、追求诗意生活的倾向。在这时，写诗也是追求诗意生活的一种重要方式。三十多年来，中国当代诗歌从朦胧诗兴起，盛极一时，然后在市场大潮中沉寂乃至湮没。但近年来，诗歌复兴之势，俨然已成。读诗写诗，再登大堂；诗刊诗网，重受瞩目。但这些诗情诗意，大多只是点缀在生活的边缘。而陈博士却在这许多年的勤奋创作中，渐渐实现了自我超越，开始构建具有自己个性特色的诗化生活。通览诗集，我读到了陈博士从“什么都想写成诗”到“什么都能写成诗”的进步。从朴素的见景生情、见亲生情、见兴生情开始，如《莲》《姓氏》《圆桌》等等，逐渐拓展、深化，乃至升华，使他的诗情更加浓郁，意象更加丰富，体验更加复杂。诗意润化了他的整个生活、整个生命，如《书记》《围巾》《低头》等。

三是陈博士的诗作，自有其独特的个性风貌。正是因为他把生活和诗歌深度融合在一起，构建了他诗化的人生，所以，陈博士的诗作，除了大多数诗人常写的“风花雪月”、人生感悟之外，还体现了他一定的专业职业特色，如《外套》《围巾》《棉花》《连衣裙》《橱窗》……这些题材，表明作者对纺织服装服饰有很深入的思考和理解。诗集中还插入了杜群教授的一些手工布艺作品，这也体现出他们与纺织服饰、家纺布艺有关的“诗情画意”。这是诗化生活的美满意境，是很令人羡慕的。

然而，陈博士毕竟是理工科的，他的那些所谓古诗词习作，暴露出他对诗词格律的不专业，诗集中作品的瑕疵也时有可见。所以，我觉得可以称之为一位理工男的“诗意外套”。穿上外套，俨然诗人；撩开外套，内蕴理工。理工男当中，写诗厉害；诗人当中，理工厉害。陈博士师出名门，博士、教授，还有诗歌创作，我们期待他取得更大进步。

很久没有完整读过一本诗集了，很久没有完整写过一篇读后感了，手艺显然生疏了，该向陈博士学习了。

陈星达

2021年8月18日

前　言

人生充满着未知与可知。由于不可预见性，这其中未知部分对人生的冲击会远大于可知可预见的部分。我很庆幸，在此人生的可知与未知的旅程中，除了我喜爱的专业之外，我选择了文学，尤其是诗歌作为我的旅伴。无论是常放在床头、书架上随手可取可得的诗集、小说、散文、文学理论著作，还是智能手机里收藏、保存的新诗、诗探索、青春诗会、一日一诗等公众号、诗歌朗读、诗歌评论文章等，诗歌都用它简洁明亮、充满智慧、富有节奏的独特语言，广泛有趣的题材、视角、表达方式，其中所蕴含的或热烈或深沉，或直接或含蓄，或流畅或起伏的情感表述，无数次纾解了我工作和生活中的劳累困乏，启迪了我对社会、对人生、对生活、对事业的细致观察和感悟。从这层意义上说，我要感谢文学——诗歌、散文几十年来的陪伴、青睐。它是我从事高校工作以及生活、人生的美好记忆。

试想，当你匍匐在翠绿的草地上，细闻着不远处飘来的割草的清香，近瞧着一颗颗挂在草尖上晶莹的露珠时；或者，当你在雨后，在成片姹紫嫣红、色彩斑斓的花海里躬身观赏到花瓣上晶莹剔透、沾满雨滴的彩色郁金香时；你的心境将会怎样的松弛、愉悦？(《小草吟》《三月，我遇见了郁金香》)当你读到一本好书(《爱的流放地》《为了美丽》《女诗人》)，看了一个画展(《一场关于手的展览》《留白》《神龙泉》)、一部电影(《口香糖》),或者一次匆忙的出差(《请用手机扫码》《起风的晚上》《三个人》《你的脚步》)时,……你又会是怎样的充实和有获得感?通过这些细致的观察和思考,你会感觉到你所付出的时间和心力,让你得到了大自然和社会丰厚的回报,使你有所收获而被成长。

父亲母亲、亲人、朋友、自己(《一条无法割断的纽带,她称为母亲(组诗)》《她的名字》《望月》《闰四月》),对故乡,对亲人,对过去岁月的思念无疑是人生中不可缺少的精神家园之一。它能让我们的人生更加丰厚,更有人情味道。对社会环境的关注、思考及其相应责任也是中国有良知的知识分子所应该践行的追求之一(《低头》《病毒》《二胎》《大楼与大师》)。正是通过这样的关注、思索能够让我们的视野不仅仅局限在象牙塔中,而让我们的价值、情怀更富有目标、方向和根基,并且更有底气去促进实现心中的愿景理想。

在这第二本诗集里,作者特别花费了一定的精力去观察、思考、表达日常生活中最最普通平常的一些消费用品——衣着服饰、日用品,如外套、连衣裙、袜子、枕头等对于科技、文化、社会、人生的涵义、意蕴。它们是如此普通、平凡,几乎从我们出生、从它们出现、被我们买回家之时开始,就被我们一边不可或缺地不断反复穿着使用,一边又视而不见、习以为常着(《外套》《连衣裙》《袜子》《高跟鞋》《枕头》《围巾》《风衣》《背包》)。这些物品所具有的,无论是其内在的科学技术、工艺工匠、物质构成，还是其历史的、民族性的物质、精神文化意涵，都被其首先外在表现出来的实用性、功利性等日常功能所掩藏，还需要得到我们更多的关注、挖掘、提炼、研究、歌颂和发扬。

总之，正如北大毕业的前外交部长、中国驻美国大使李肇星先生在其诗集自序中所说："这些业余水平的小诗，是闲暇时自己与自己的对话，是专业劳动的副产品或'剩余价值'。……推来敲去，乐在其中，企图超越自己，又没完没了地忐忑不安，涂抹不辍，压根儿看不到'圆满'的曙光，岂一个'苦'字了得！"[①]确实，这其中滋味和局限只有经历过的人知道。它其实是一种收获和获得。这本集子只是作者近几年有限生活、思考、创作的一个小结。我把它分为四辑，除了第四辑明确为收录的仿古诗词习作（它们只作为一时感受的表达方式，若按照近体诗的格律要求还有许多方面未尽人意）之外，其他几部分之间虽有一些大体的题材、风格上的区别，但包括创作时间在内并没有明显的差异。另外，为了直观、艺术体现本书所描写的一些日常消费品的实际表象，书中还编选了浙江纺织服装学院杜群教授用许多个日日夜夜设计创作的30多幅非遗教学实践的部分手工布艺作品，包括拼布、绣花、手工布包、手工钩编、饰品、绳编等。这当中的千针针，万线线，从构思草稿、设计、选购搭配材料，到实际细心制作、整理成形、拍摄裱存；其耗时耐心、其投入专注，也只有当事者心知肚明，甚为敬佩。最后，我还要特别感谢出版社编辑老师

① 李肇星. 李肇星诗集[M]. 上海：上海文汇出版社，2000.

们的辛勤劳动付出，使本书能够得以顺利出版。由于作者水平所囿，书中肯定存在许多不足，敬请读者朋友批评指导。同时，谨将此书献给我的启蒙老师、语文老师、导师以及我的父亲和母亲。

作　者

2021年6月6日滨海

目　录

CONTENTS

【辑一】　种子

【辑二】 太阳花

【辑三】 围巾

【辑四】 黑与白

【辑二】种子

你已经衰老

却很年轻

稻谷从丰收的谷穗里散落

成了明日的种子

小腰枕　贴布绣　（2018）

布包　手工布艺　贴布绣　（2018）

布包　手工布艺　（2019）

针线盒

手工布艺

（2020）

泡芙盒　手工布艺　拼布　（2019）

泡芙盒　手工布艺　拼布　（2019）

图谱一　拼布　（2020）

图谱二　拼布　（2020）

图谱三　拼布　（2020）

图谱四　拼布　（2020）

小草吟

山坡上满满的碧绿
我贪婪地吸吮着青草的气息
俯下身找一根细细端详
那小草身上全是晶莹的泪滴

湖面上粼粼的波光
我深情地拥抱它柔美的夜风
闭上眼我将一席席细细的微风评判
我的心啊全是你的气息

这天边是春雨后种种的霞光
钱湖畔留下了迷人的倩影
我轻手抚弄着你如柳丝般的秀发
我的心啊全是你隽美的滋味

圆　桌

一张大圆桌
华丽 高贵
精美的座位
一个紧挨着一个
齐齐地
很近
却又很远

莲

莲是她喜欢的
荷也是她喜欢的
没有她亲手种植的
却是她神往的

根是在污泥里
身却在清水中
披着圆圆的翠绿
容颜是满满的幸福

等岁月褪去了粉黛
果实仍留存下甘甜
在你清凉的瞬间
内心却饱含着生活的清苦

心 弦

几行字迹
记录着心弦
没有几句掏心窝的话语
却想她能活得很久

有些忐忑
又有些神奇
只是匆匆的过往
竟有许多不舍

无法去求证
她是什么基因
又出于什么果实
种子

只是感觉到
她确实存在过
且依然存在着

樱花颂

一瓣　一瓣　一瓣
一支　一支　一支
一树　一树　一树
一排　一排　一排
一张张　一张张　笑脸
一身身　一身身　彩霞
一声声　一声声　银铃
与花团相映
交错
融化

一袭袭清风
瓣飞如雨
一团团中国红粉
像脸颊
少女一样绯红
齐刷刷地
喷涌而出
带着喜悦
梦

期待

东京的吉野
垂枝的早樱
一片片春色啊
重重叠叠的
欢乐相拥
如此亲切
甜蜜
惹得嗡嗡的平原蜂
小丑似的
趸来趸去
……
隽秀的七彩蝶
优雅地轻歌曼舞
“梅花,樱花,杜鹃花……
你方唱罢,我登场。”

这是欢乐的聚会
美女如云
不
美女如花
那一张张的绿叶
隐藏在浓浓的花丛中
那么简单

无足轻重
你高洁的枝条
借着繁华的肌肤
勇敢地
袒露你的身体
真诚而
直接
也有含羞羞怯的
或垂丝
或倒钩
或者生养出许多的毛刺
守卫着侵犯者的
临近
亵渎

这是春色的三月
是美丽的三月
我曾经感受过
太湖之畔鼋头的秀丽
我曾经探访过
珞珈山东湖的浪漫
我依偎在海滨
粉红色的温暖
我遥望着滇海
细致的风情

我还梦呓着岭南的
绯红
我还期待着你与杜鹃的
约会
我更难忘记故乡南山的樱姑
……
三月
美丽的三月
我热爱的青春

是 谁

是谁
起得那么早
早早地
推开了门窗
迎接秋日
迎接黎明
迎接曙光

是谁
长一双勤劳能干的手
敏慧地
用臂膀
汗水
扛起属于许多人的沉重
责任

是谁
你是谁
你用不够年长的成熟
注释春天的色彩
鲜花
翠竹
去实现昨天的憧憬

她的名字

我是一棵树
扎根在你的泥土里
我要用我的根须
触摸你的灵魂
为你守护
为你宽心

我愿是一只羔羊
生长在你修葺的篱笆里
我要用我的啼叫
唤醒我们的春天
去亲吻我们的土地
滋养我们的家园

我愿意是那一串风铃
聆听风的呼唤
就像我们的爱情
在琐碎的叮当声中
享受黎明
阳光
还有落日的余晖

姓　氏
——祖父　父亲和我

从我还懵懂无知时起
我就被你　你们画上了符号
与你有了共同点
与他也有了共同点
于是,我被标上了一个标记
一个姓氏
有了百家姓里的归宿

在你的眼睛里
在你的臂膀里
在你的责骂
或者沉默不语的注视中
我拥有了更多的关注
期冀

这是一件传家宝
被继承
被延续
没想到它竟成了我最抢眼的名片

无论在他乡
在故土
因为烙上了你们的印记
从此陪伴我一生

你

——祖母　母亲和我

时间
从少年长成了老者
记忆
却从老者变成了孩童

你已经衰老
却很年轻
甚至像孩子
露出一排排纯真的笑
而我在一条湍急的溪流边看见过你酸涩的泪水
和坚韧的臂膀

麦穗遗落在麦田里
你一根根捡起
稻谷从丰收的谷穗里散落
成了明日的种子

无法记起
何时来到这个世界上

又为了什么
只是感觉到
无尽的爱在绵延
它有许多种颜色
青涩的　或者紫色的
还没有成熟
不知道它最终的味道

相　识

为什么相识?
怎么样相识?
只望见夜空中满天的星斗
狡黠地眨眼
无法说出你我心中彼此的心愿

你就是那心愿
潜入无垠的夜海里
没有阳光
没有月色
只有几粒微弱的星星陪你
度过黑夜
走向黎明

我是健忘的
可是我又记忆深刻
但我最终还是忘了你
没有把你想起

你的青丝已经蓄起
成为刘海

它遮蔽了你的眼睛
我曾经在你身边走过
可你没有认出我

你还记得我吗?
我有了什么变化?
或许你不想认出
怕时间揭露了你的秘密

我说,你过于严厉了
像一柄干将的莫邪剑出鞘
寒光咄咄逼人

我轻抚剑鞘
发觉了你的温度
你何以如此严厉
又如此温顺

以你的细巧
传递给我柔情
然而你胸中的豪气
从你简洁的言语中涌出

我知道,你的思想并不简单
你娓娓道来
我喜欢你的老练和稚嫩

无 题

在六月炎热闷湿的空气里
你是墙头一株摇摆的长尾巴草

在你鲜花般艳丽的气氛里
你用你柔滑的舌头
吐露出氰化物的毒汁
我没有觉察到你或利或钝的牙齿

在腊月冰天雪地的空气里
你是寂静寒夜里一缕凌厉的呼叫

在你漫不经心闲淡的图像里
你用你深刻的眼睛
释放出颤栗的困惑
我无法去检测你是近视还是远视

望　月

月光是一剂温和的药
望得多了
就中了它思念的魔咒
一辈子都不能逃脱

月光也是一方温情的领地
年轻的飞蛾飞过
被她吸引
又被她俘获
一辈子心甘情愿地成了它的奴仆

三个人

一个陌生的城市
一处陌生的空间
一辆熟悉的大巴车
说着不一样的语言
写着不一样的文字

在同一个国度里
你的容貌和装束也是陌生的

甲　乙　丙
三个女人
三个羡慕的青春
语言哔哩哔剥地跳跃着
能觉察到它的轻松
欢快
未着艾特莱斯的衣袖
牛仔裤同样紧身
没有破损
也能显露她的身姿

一样结实有力

在2017年祖国大地上
一个熟悉又陌生的城市
一群一样而又不一样的人
秋雨
像珍贵的石油
稀疏地滴落在
去往国际大巴扎的公交车上
分不清是维语还是雨声

影　子

阳光热烈
她举起左手挡着脸
匆匆地赶路
投下稀疏不齐　手掌的影子

一只鸵鸟
头埋进沙堆里
她强壮的身体固执地隆起
如此醒目

在这欢歌笑语的人群中
有人喝酒
有人聊天
有人歌唱

他蜷缩在角落
默默地　用
那只左手挡着脸
在他身体的某一个角度
投下它参差不齐　手掌的影子

一场关于手的展览

一场关于手的展览
手
被线盘成蜘蛛模样
它停泊在那蛛网上
无法动荡

用皮革制成的衣帽
双手变成了蜘蛛
爬满了我们的脑袋　脸
身体

一场关于手的展览
手
用铜铸　铁塑
用火烧　气炼
一双双冰冷的手
张牙舞爪
从爬行到站立
又从高高站着回到了
爬行

［注］2017年3月宁波市美术馆举办了一场留德华人艺术家邱萍的展览，很有哲学意味。

天黑了

天黑了
一个世界已经关闭
另一个世界已经打开

别误会
这无关灯开灯灭
无关路灯
车灯
霓虹灯闪烁

无关儿时老宅里昏暗低沉的煤油灯
和母亲床头细细密密的针线活

我听见你已躺下
我也道过了晚安
天黑了
眼睛里冒出记忆的亮光
如同故乡星星眨闪的天空
或者夏夜追逐的萤火
连绵的蛙鸣
狗吠

嘀嗒 嘀嗒
墙上的挂钟走过了多少格
窗外有雨滴滑落
从几楼跌落到了二楼
我喜欢
这种节奏
这份思念
将它定格在了午夜
或者黎明

一堂声乐课

在一个声音的笼子里
声音是一个个被特别宠爱的孩子
孩子们的手脚被完全释放了
她们用歌喉
快乐地飞翔

她是你的影子
你是她的镜子
1-3-5-$\dot{1}$
$\dot{1}$-5-3-1
嗯-嗯-嗯-嗯
嗯-嗯-嗯-嗯
你倚靠在低矮的窗户旁
高音
年轻 甜美
在你起伏的共鸣里
我聆听到了美妙的歌唱
然而,这又不只是歌唱

$\underline{5635}$ 5 | $\underline{6\dot{1}}$ 3 |
板蓝花儿开

$\underline{55}$ $\underline{31}$ |$\underset{\cdot}{6}$ 2|
芦花也开了
那个影子
在镜子里映照
敞亮地
走出音乐的笼子
飞向天空
钻进了人们的心里

绿－绿－绿－绿
绿－绿－绿－绿
抬头 提气
声到天庭
含音 放松
气沉丹田
下行 下行 沉至脚心
把声音抛向远方……
收住 用气息支撑
1－3－5－$\dot{1}$
绿－绿－绿－绿
我不仅听到
我看见了
老师的人生
有力
挺拔
如春暖花开

爱的流放地[①]

燃烧吧
燃烧
让你的热情连同我的温柔
一起燃烧
烧红你的肉体
碳化我的心情

这是一种生命的枷锁
像一只牢笼
被注定
锁住了人们
无以逃脱
无法释怀

这是一种原罪
在貌似温和的背后
埋藏的是一种毁灭
天火
心中的火焰

① 根据日本渡边淳一同名小说创作。

被你的柔情点燃
熊熊燃烧
烧遍了我的身体
我的灵魂
我的理想
直至化作一片灰烬
一缕青烟
无影无踪

不一定是春天

不一定是春天
千真万确
譬如草木不一定发芽
花朵不一定开放

很可能是夏天
热浪烤热了你的身体
使你心躁
烦乱
如大汗淋漓后的饥渴难耐

也可能是秋天
秋风瑟瑟
大地如被霜摧残过一般
还好
能品尝到果熟花香

或许，你会遇到冬天
冰雪凌厉
肢体麻木
你的记忆力会减退
你的精神会变得迟钝

酒

酒，并不仅仅是颜色
月光下，李白举起了酒杯
苏东坡与高僧端起了酒盏
景阳冈上，武松痛饮了几大碗
当阳桥前，张飞借着酒力大喝了三声

酒
是一种检验人的试剂
透明，刚烈如北方男子
在唇边被点燃
一入口就真情毕现
不管你接受与否
均火辣辣地沁人心肺
让你无法拒绝

酒
是一位江南的绍兴师爷
被时间熬炼
阳光　风雨浸透
经过了许多日子的隐姓埋名
似乎把所有的才华都打磨成了它含蓄外表下

醇厚的记忆
就等你——
懂它的人懂它
藐视它的人藐视它
直到第二天清晨起来时
才晓得隐姓埋名者含蓄的价值
与威力

清晨,窗外的一场鸟鸣

我住的楼层不高也不低
那窗户总下意识地留着一点缝
为了细雨
晚风
还是清晨的一阵阵鸟鸣
我不知道

“清明时节雨纷纷”
今年,老家是回不去了
给窗口开条缝让母亲进来吧
她已经十年没再来了
我记着

黎明时,听着窗外清脆急促的鸟叫
叽叽喳喳的
我恍惚听到了母亲从集市回来时
与邻里兴奋的交谈
沉沉的菜篮子还在她胳膊上
“母亲,您怎不先放下?”

小 芳

时间是流水
记忆却是岸礁
礁石虽经历风雨
却未曾褶皱
眼花
鬓白

懵懂的记忆
它有一张什么样的面孔?
有几分羞涩
还是叛逆
午睡时偷偷睁开的眼睛
由于嬉戏玩闹
已经有些模糊
流失

多少年
多少年的光阴
怎么竟无法抹平
留在课桌上的分界线
你何时离开了

又为何断绝了消息?
我没来得及过问
无法考证

多少次
多少次
没有无意和有意的相遇
不能成为遗憾
只因为,记忆总是美好的
珍贵的
我拥有了全部

不　必

不必在意
不必指责
世事无常
人间有情
朋友相聚
友谊常青
珍惜人格
坚守人品
岁月有日
学海无垠
待人平和
随遇即安
海阔天空
天道酬勤

夜

夜
垂下了疲惫的眼睑
蟋蟀响起
蛙声响起
曼妙的身姿
如你的疲倦
温柔地
蛰伏在你细巧柔韧的腰里
一声狗吠
唤来朦胧的月影
树影婆娑
那是栏边倚靠的思绪
在探究
哪一个是生活的总指挥
和执行导演

忆

一

几只小酒杯，装满的是清纯，在农家的村舍里种下童年，还有慢慢开放的情谊。

二

冰雪下，泥土里埋藏着嫩苗。白雪皑皑，蓝天映衬着它的纯洁。无法抹去，那真，那纯。真的是它的身影，纯的是它的心灵，还有那从心底里散发出来的歌。

三

几个眼神，几句问候，拨动的是心中的五弦琴。是喜悦，还是忧愁？无法抵御心底里弹奏出来的，寂寞或者欢快的歌。

四

那是一座什么样的楼啊？朱红的漆水将你我的心情浸染。彩色的门楣，温暖的栏杆，因为它使得那记忆如朝霞般鲜艳，又如晚霞般耐人寻味。

五

一面湖水，倒映着绿色；七彩的音符，从琴键上跳起，在清澈的湖面上奔跑着。我的心如此愉悦，随着你的脚步享受着那醉人的旋律。

六

那旋律蛰居在一间小小的屋子里，一行行，一列列，犹如整理过的思念，从晨曦思想到晚霞，又从华灯初上回忆到黎明的曙光。

七

这是一段怎么样的记忆呢？像天空中飘动的白云。虽然高远，却看得见它的存在。我可以想象遥远高山上的冰雪，虽然冷漠，却清澈动人，一如那纯洁的气体。我拼命地吸吮，想占为己有，可它无法穷尽，直到我被它拥有。

八

我点点头说："好吧。"日子如一声长鸣不息的火车，出发了便不再回头。

我拾掇着留存下来的片片记忆，伤心地看着你远去的眼睛，天色渐暗，你的身影越来越模糊了。

九

一面旗帜在清晨冉冉升起，你的形象如此清晰有力。我的心如绿茵，或者绿茵场上蒸腾的童音，越过季节，被青春的梦想收留。

祭　堂

我真的明白了
你默默地告别是正确的
就如我远远地看着你的身影
有时模糊
有时清晰

你或许能够听到
千里之外
我内心牵挂的声音
就如我感触到了你真实的无奈
与体悟

不过，我还是察觉到了极大的突然
不只是因为岁月的青春
消失得那么容易
平静而热烈
还有生活里的日常琐事
子女亲朋
都像生命里的某一天
随风飘然而逝
不见了踪影
……

树欲静而风不止

树

我并不孤单
在枝繁叶茂的树林里
我的根须
是我的追求
它要从自然攫取未来

以大地为家
为了光明
享受一片片炙热
在宁静的天空下
自由地成长

风

风
是无言的现代诗
没有开头
没有结尾
只有无以言表的柔情
体贴

悄悄地
热切地
挥动你的翅膀
抚慰你的心灵

风与树

树
饶有趣味地在生产着自己
以地下
或者地上的方式

风感到了寂寞
它用轻盈的臂膀
拨弄树的发际
莎啦啦……
发出了些许柔弱的喊声

无法抵挡
这春天的气息
树枝开始震颤
树冠开始颤抖
我仰躺在树的草地上
为它喝彩
叹息
树欲静而风不止

刹　车

我想踩一辆两个轮子的小车
冲上它陡峭的山坡
观看坡顶
和人生的风景

我没想到生活的对面是个险坡
景色还在远处

我不敢放开自由的脚步
不得不抓紧心中的手闸
为了不把自己
摔得太惨

拥　抱

让心与心走得更近
就像你的身体
靠近我的身体

一座老宅
青砖和黑瓦是陈旧的
就像你和我的相识
崭新中透着历史

你的臂弯是你倔犟的思想
从不向人屈服
我的臂膀是我努力的方向
想紧紧拥抱起你宽广的胸怀

一条无法割断的纽带，她称为母亲（组诗）

1 战壕

在那屋后的山上有几个坑
一个
两个
在这座山头
在那个山头

大人们说这些是战壕
在外婆家的附近
在村子的后面

2 竹林

一片竹林
又一片竹林
一颗颗生命
如此神奇
从泥土里探出
一夜之间

匆匆长大

一根根的竹子
就是一个个的故事
它们属于老大
属于老二
属于老小

1969
1970
1971
竹子上歪歪扭扭的数字
记得是年轮
以及生命
那是柴米油盐生活的印记

3 栀子花

一朵 两朵 三朵
……
——我必须用朵来称呼它们
一朵白花
就是一只香囊
浓浓的醇香
不仅记录下儿时幸福的温馨
还有期待的爱

与清水混合在一起

五月的香气
从外婆家的菜园子里飘来
那是几颗特别高大的栀子花树
一座古老的柴门
爬满藤蔓
也锁不住它们
它与外祖父母一样
已不再年轻

4 桂花树

十月的桂花
属于秋天
金色
或者银色
哗啦啦从天上落下
飘洒在青蓝的土布单上
满地金黄
满屋生香

5 小孩

几个小男孩
调皮地从东墙

遛到西巷
或者在山脚下泥泞的小路上
奔跑
滑倒

母亲
你肯定没有过这样的日子
你排行老几
在姥姥家众多的子女中
你是长者
大姐如母

6 童养媳

正是玩耍的年纪啊
九岁，还是八岁
为了那口口粮
你就来到了婆家
从此，你有了一个终身的名字
——童养媳

说你是女儿
你肯定不是
说你是儿媳
你也不算

你有一双大脚
你肯定不是千金
好在你与婆婆
——我善良的祖母一样
你们都有同样出身的童年

闰四月①

一天天
一点点
迟缓的脚步
终于等到了一次
难得的机会
弥补
补偿

就为了
为了冬与冰雪相遇
为了
劳动与果实共享
还为了
春日的繁花
色彩
与彩蝶共舞
与骄阳
与酷暑同行

① 为2020年5月25日农历闰四月初三而作。

你姗姗来迟
拖着古老的脚步
为了新的世代
新的生命
是哪一天
从哪个时候
开始起步
得
用历史记住
给母亲以印记
给岁月以符号

为游子而歌唱

高耸入云的树梢
一枝枝的枝丫
一片片的叶子
像青春
守望着天空
朝向远方
歌唱
大声地歌唱

那歌声
闪着金灿灿的光芒
吮吸了朝露
凝结着期待
用最美好的音符
从心底里发出
自豪地
奔向美丽的远方

那蔚蓝色的天空
是你生命的舞台
你以七彩的霞光作为背景

在狂风中起舞
用暴雨
雷
电
为你伴奏
为你鼓鸣

你选取
蓝天　白云
高山　湖泊
江河　溪流
森林　草原
谱成乐曲
词章
还有那皑皑瑞雪
和永不停歇的海浪
波涛

你也会用
低沉的音符
吟唱深厚的友谊
情感
用他国的符号
记录下异国的遭遇
风情

你学会了沉默
爱戴
和尊敬
你知道这个世界的魅力
和艰辛
你也去尝试
人生,生命的局限
和无限
沮丧和精彩

你学会了宽容
学会了真诚
你试着用最纯粹的内心
去读懂万千世界里的
鲜花
果实和风雨
你用你的坚守
坚定地
朝着你的方向
陆地和海洋
去寻找属于你的春暖花开

你是游子
遨游在天地之间
游子啊
我要为你击鼓

弹琴

为你歌唱

2019.12.21

2020.5.2 续 5.28 修改

［注］2020年新冠疫情期间，许多学子在欧美等许多大学游学，被隔离滞留他乡，令祖国家人甚为牵挂。

沉　默
（组诗）

1 阳光

太阳照得久了
地球想躲一躲
它从白天躲到了黑夜
想感受一下月色的宁静
与温柔

阳光过于热烈
天空想躲一躲
它滋养出了一片片云朵
想挡一挡太阳的直接
任性

2 语言

语言是一种植物
它有时候可口
温暖
香甜

有时候苦涩
甚至带着毒素

不能太贪婪
你品尝得多了
就会染上一种恐惧的模样
我想要躲避它
逃避它的伶牙
俐嘴

3 年龄

还是觉得年龄比较老成
可靠
虽然它有时候确实显得有点迟钝
保守了一些

医生说,年龄是一针镇静剂
有时候它会穿上洁白的大褂
在你的胸口
注入一剂多赛平
冷一冷你的言谈　举止
让你不要太猖狂

距　离

小时候
距离是邻座与邻座的距离
长大后
距离是书信与书信的距离

小时候
距离是躲避与追逐的距离
长大后
距离是这头与那头的距离

小时候
距离是假装和心喜的距离
长大后
距离是喜欢与沉默的距离

小时候
距离是上学与放学的距离
长大后
距离是割舍与祝福的距离

【辑二】 太阳花

太阳花啊
昂起了头颅
带着自信
甚至是高傲
自豪地绽放庄严的笑容

壁挂　手绣　拼布　（2020）

壁挂　手绣　拼布（2020）

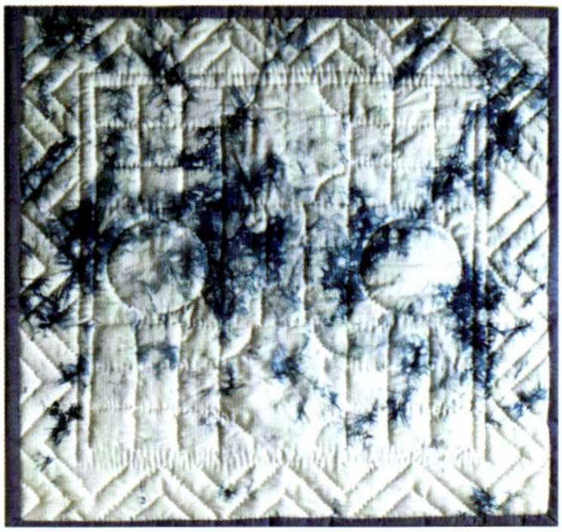

坐垫 扎染 绗缝（2019）

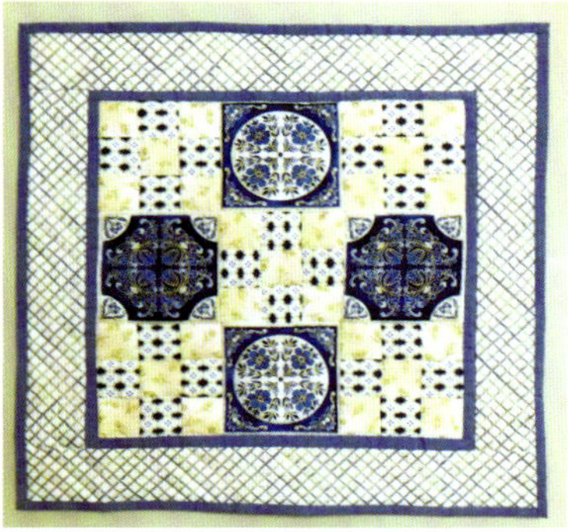

壁挂 坐垫 拼布（2020）

小壁挂 拼布 贴布绣（2020）

小壁挂 拼布 贴布绣（2020）

小壁挂 拼布 贴布绣（2020）

隔热垫 手工布艺（2019）

口　哨

这是一股特殊的气流
从喉咙里形成
在唇齿间　喷发而出

伴着几组清丽的促音
从心底里起步
到眉宇间结束

这是一种态度
关于日子
关于生命

这是一份青春
有点张狂
但更多是活力

它是一种模糊算法
不太精确
有点随心所欲

它也是一种感觉
从睡梦中醒来
还沉浸在初春　清晨的快意里

书　记

书记调走了
从一个单位到了另一个单位
两个单位差异不大
不知道是
提拔重用
还是轮换
不知道是因为
做得好
做得不好
还是工作得不好不坏

书记如同一家之主
一个书记
有一个书记的风格
这很能够理解
犹如一条航船
不一样的船老大
驾驶着轮船
有的快
——横冲直撞
有的慢

——谨慎小心
有的带着远航的目标
在平静的海洋里审慎前行

书记调换了好几个
每一个
各有各的原因
一个是提拔
从小单位到了大单位
一个是平调
从这单位到了那单位
还有一个出了点事
从一把手下来
回到了老百姓
其实除了特别明确的
老百姓也不一定说得清
只是三三两两地议论
大多是一种猜测的成分

道　情

“自从盘古开天地
三皇五帝定乾坤”
嘭，嚓
“一朝天子一朝臣
朝朝天子到如今”
嘭，嚓
翻着发白看不见的眼睛
在书童的牵引下
摸索着
从现在
回到了过去

这是一种说唱
是一份民间遗产
是一种社会调节剂
是昏暗的
古老的
爷爷、奶奶、父亲、母亲
喜爱的
珍贵的消遣
在祖上老旧的堂屋里

用包缠着碎布　响皮的器具
发出祖先生命的信息
有点诙谐
有些无奈
又有些烂漫　天真

[注]义乌金华道情是一种说唱艺术形式，为国家第二批非物质文化遗产项目。

渡　口

在桥还没有建之前
渡船就是我的通行证
我看着你在不远的彼岸
等待你缓缓地来临

京杭运河的水　翻滚着
来自长江
来自太湖
它说不上清澈
却也没有社会那般浑浊

我看着你波澜不惊
沉稳的样子
总敬佩你的大度
清秀
从容

一辆24吋的自行车
永久牌
或者海狮牌的
从渡口的两端上上下下

我不知道
在车轱辘转动与静止之间
它承载了你多少的青春和憧憬
从小学　中学　大学
到忙忙碌碌的工作
生活
期冀

窗外的火车

呜……
绿色的火车从我家窗外驶过
一列　一列　又一列
一节　一节　又一节
长长的
从忙碌的南方到拥挤的北方
又从忙碌的北方到拥挤的南方

两只懵懂的眼睛
刚刚学会观察
专注地趴在陈旧的窗口
向往着
快速
变动的世界
外面的世界

一条长长的过道
它躲避在岁月的中间
结实　庄严
几幢上了年纪的老楼
青砖　黑瓦

接受一列列绿皮火车的洗礼
轰鸣

楼道外
一片片并没闲着的油菜花地
有些凌乱
显然无法收获
瓜香菜绿的果实
鸣……

风是一种语言

一

风是一种语言
它来自自然
来自湖海
来自山谷
来自原野
来自你的心灵
来自我的爱慕

二

风是一份感情
它无声、无味
无形
我不知道它
来自何方
去向哪里
我不知道
它的容貌
表情

我总怀着安详的期待
接受
它的亲吻　抚慰
无论东还是西
南还是北
我无所谓

三

风是一种年龄
是外婆做的大花被紧裹的襁褓
是母亲温暖的被窝
岁月,被父母的爱环抱
用亲人粗硬的大手
牵引着儿时的路
跌跌撞撞
向左
或者向右
一步步
躲过许许多多的
坎坷

四

风是一种相伴
是爱人呢喃的花语

是耳畔hormone的喘息

我无法用眼睛去聆听
我只能用耳廓亲密
如同枕头上的梦中情人
和风　细雨
感受它的温柔
和润泽

五

风是一种性格
它蓄积了几个季度的脾气
遇到机会就肆无忌惮地暴发
吹散树的秀发
鼓起路的衣衫

风是一种态度
敢爱　敢恨
爱就爱得透彻
恨就恨得彻底
全然不顾大地的心情

六

风是一种舍得
它无法忍受
迂腐陈旧
它要删除过去
为了迎接新兴的生命

风是一种洒脱
果敢
它不擅于儿女私情
它有一种壮士断腕的勇气
一股舍我其谁的豪情

七

沙扬娜拉
“悄悄的我走了，
正如我悄悄的来；
我挥一挥衣袖，
不带走一片云彩。”[①]

① 徐志摩.徐志摩诗集[M].北京:人民文学出版社,2020.

西 湖[1]

五千年前的西湖
是个什么湖
它是否在西边
是否起了乳名
学名

它是否有长堤
有近岸
有桃树　成行
杨柳　成荫
它是否有
荷花　满池
庭榭　错落

西湖
五千年前它在城的南边
它或许只是一个池塘
(据研究它原来是一个泻湖)
它不与城为伍

① 此处指杭州西湖。

它与山为邻
如今
它栖息在城市之侧
做城之闺秀
与江相对
与宝塔相映
它姓白
又姓苏
还姓钱
……
它成了时代的宠儿
跟随着时代的脚步

背　影

不一定要面对面
不一定要视线对着视线
三百六十度的心意
我从四面八方都能觉察
都能看到

把你的喜悦
忧愁
藏在身后
我收起关切的表情
不让你察觉
那是我的背后

相　见

不相见
并不是不想念
思念是一位移民
它没有国籍
没有家乡
没有距离
也没有方向

不相见
并不是不怀念
思念
它没有形状
没有表情
没有温度
也没有目的

思念是一种静止
思念是一场运动
思念是一段时间
思念是一部剧本

思念，它从清晨
潜伏到深夜
又从这里流窜到那里
难以止息

苏州归来

在我的记忆里
你总是年轻
你也永远古老
虽然人们都说起你的成长
可我更在意你的原始

在我的记忆里
你总是黑白分明
黑的黑
白的白
园连着园
巷接着巷
我被你的端庄迷惑
忍不住记下石径上你曼妙的身姿

在我的记忆里
你总是柔情似水
运河上的桥
停泊在枫桥边的船
船边河水中的倒影
水乡梦里的城

梦里水一样的女人
和男人
我被你的轻柔惊醒
忍不住记住了你的优雅

小　丑

小丑——

小丑——

姜式的唱腔[1]

一声声萦绕在耳边

一幕幕浮现在眼前

小丑

小丑

小丑

小丑

一粒粒尖刻的脑袋

在人群中穿行

跳跃

嗡嗡　嗡嗡

萦绕在耳边

爬满四肢

还有白净的胸膛

小丑

小丑

---

①姜育恒.专辑:姜育恒的刘家昌之歌2.2003.

小丑瓜子状的小帽
没有脖子
总是屈曲着他的腰腿
还有臂膀
它用锋利的牙齿
突然袭击
掠夺无辜者的鲜血
弹跳自如
小丑
小丑

情　妇

是什么机缘
你被她吸引
她为什么为你委身
情妇
情妇

是娇媚
还是甜美
是因为他伟岸
还是为了他的权杖
情妇
情妇

艳丽的红唇
蜜语甜言
白皙的身体
内心是否洁白
他被她的裙裾拜倒
她被他的激情征服
情妇
情妇

散乱的长发遮掩住了它铁色的狰狞
原始
柔软的身体只是铁骨的表象
激情
激情背后是裸体的怒吼
情妇
情妇

学　生

我是学生
我也是老师
我有我的许多老师
我也有许多我的学生
我感谢我的老师
是他　她们教育了我
我也爱我的学生
是你们让我快乐
自豪

老师有各种各样
冯老师让我启蒙
朱老师诙谐　幽默
数学老师严谨认真
化学老师学识技法超群
英语老师勤恳细致
高数老师如母亲般和蔼　可亲
工程老师亲如长辈
材料导师授业传道
兢兢业业

学生也形形色色
沉稳　冷静
活泼　可爱
认真　刻苦
兴趣　广泛
自信　低调
贪玩
调皮

时间是一把筛子
它设计出许多小孔
它把我们筛下
留住老师康健
让学生们成功
成长

[注]谨以此篇献给我所有的老师和学生。

清 泉

亲爱的
我居然遇到了清泉
遇到了它的单纯
它的天真 欢乐
我似乎听到了它喃喃的声音
来自慈祥的母亲
　　大地
　　森林
以及遥远的天空

我甚至碰触到了它的酮体
感受到了它的温度
　　清澈
　　滑润
它藏匿起面容
让我羞涩
无法平息混凝土里
生命的沉重
和艰辛

留　白

人生是一幅画
画家是自己
画板是生命

人生是一幅百米长的画
过一日就被画上一笔
从黎明画到深夜

你用双手描绘色彩
有天空　有湖泊
有森林　有果实
有欢乐
也有痛苦
无奈

留下一点心灵的空白吧
在你的画里
给它一点机会呼吸
不是很精彩
却也圆满
有意义

家

家是一套房子
却又不仅仅是一套房子

家是一张餐桌
却又不仅仅是一张餐桌

家是母亲
家是父亲
家是儿子女儿
家是女婿儿媳
家是丈夫　妻子
家是老头　老伴
家是邻居　乡亲

家是童年的同桌　玩伴
家是家里的乡音　亲情

“我想有个家，
一个不需要多大的地方”①
我想要个家
你也需要一个家
家

① 潘美辰．专辑：是你·我想有个家．1999.

四　年

这题目
我不用2020年的美国
不用特朗普
不用蓬佩奥
我不想用他的女儿伊万卡和女婿
我只想记录下这四年
美利坚
和被他支配
影响的世界

我不是民族主义者
我爱世界
我热爱文明
我不狭隘
我甚至喜爱所有先进的文明
赞赏他容纳八方
教育
科技　创新
我也理解
USA普通民众的期待
担忧

可我不理解
什么是政治
什么样的人可以担任总统
国务卿
是否可以商人
是否可以赌徒
是否可以反科学主义者
还是投机
机会主义者
那7000多万的选票
证明了
人性
人类的残酷
和政治的无情
它不逊色于核弹的爆炸
海啸
和战争的威力

值得关注
值得反思啊
我尽可能保持自己独立的思想
意识
我关注美国
关注中东
关注世界
不仅仅是中国

我疑惑
USA 7000多万的人民
他们的追求
利益
他们有他们的权利
与我们的不同

四年
转瞬即逝
人类的本质却亘古长存
丑陋总与美好相伴
恶行常与善行随行
希特勒曾被顶礼膜拜
造反派也曾活跃舞台
我们需要保持足够清醒的脑袋
还世界一个美好的未来

笔峰书屋[1]

五指山啊
敞开你宽大的手掌吧
将家族的希望承接
在千柱大屋的身后
你隐藏着几百年宗族兴旺的秘密
不让人侵扰
止息

我看到了
看到了一个个的学童
从大屋的后门
中门
边门
鱼贯而出
背着一个个母亲亲手缝制的小布书包
就像背着一个个家族的叮咛
希望
从鹅卵石铺就的山道拾级而上
经过黉门

---

① 笔峰书屋位于浙江省诸暨市境内千柱屋处。

走进了书屋的大门
接受教书先生
正襟危坐的
训斥
教诲

你的脚步

不知为什么
看到你
我总想起了火车
绿皮的
或者是子弹头的
一个时代是一个时代的样子
可是骑在轨道上的轮子
它的脚步总是圆圆的

不知为什么
看到你
我也会想起汽车
329国道
或者是G60高速上的
四个轮子
或者八个轮子齐刷刷地趴在路上
都承载着重要的人和物

轮子像陀螺
你也像一个陀螺
我没有看到陀螺后面

高高扬起的鞭子
可是我看见轮子在飞快地转动
你的脚步
也在飞快地转动
我觉得
它也是一对轮子

主席台

大大小小
高高低低
的平台
不管怎样,它总是高于
并且小于台下的一切

要用什么样的步伐走到台上
拿怎么样的心情
坐在上面

可以让他的眼神
声音
或者姿态告诉您

幕　后

当舞台的幕布拉起
剧场的灯光依然通明
可是，人生已经走进了另一个阶段
从前台回到了过去
他与观众
也有了帷幕的距离

这是一种看不见的距离
是他们由熟悉到陌生的距离
他的声音由于阻隔而陌生
他的形象因为分割而显得模糊
岁月
如同星球的旋转
由正午变成了黄昏
没有人能够逃避

［注］有感于2020年许多地方、单位换届人员退休变化而作。

大楼与大师

中国的大楼很高
越来越高
越来越多
不仅仅在上海
在北京
还有大陆天南地北的许多城市
名义上的大城市

就像中国的一些学校
有很大的校园
有漂亮的大楼
崭新考究的装饰
为了成为一流的大学
其实不是

楼房有高层 多层 小高层
学校不计量大楼的高度
人们在乎它的涵养
是大师
教师
学者
还是其他

黎　明

一重重黑幕
拉开一层,还有一层
尽管有些迟疑
但是,我们还要怀揣着希望

一时找不到对象与它交谈
也不知道该从哪儿说起
或许是被黑暗蜇痛了心脏
机体里还残留着蜜蜂释放的毒汁
无法清除

嗨,我总想用阳光去冲洗
人世间的恐惧
可是太阳它迟迟没有出现
我要向谁去倾诉
去投诉呢?
或者先默默承受着

我相信白昼总归会来的
除非宇宙终于变换了轨迹
当黑色的帷幕被最后掀开
我发誓,一定要让天空亲吻一遍大地
也算是给她一丝丝慰藉

秋色

秋
是天空的
它属于山林
属于田野
属于色彩
果实
岁月
属于成年人的心情
存放在父亲　母亲
花白的发际
祖辈们的心里

赭红色的黄昏
日子
有些阴凉
应该瓜熟蒂落了
低垂的现实
用慢了再慢的节拍
加上风,或者雨
回溯着季节的轮回
从稚嫩的
到青涩

到阳光
再到灿烂的欢笑

一座老宅里炉膛的焰火
我看着它奔涌
又缓缓地平息
一双冰凉的小手
光滑而细洁
我把它握紧
十指交叉
把它放在我温暖的胸口
如秋色下清澈的涧流
被矿物元素
充沛
被岁月
深情
冷却　封闭
一颗颗
一簇簇
由七彩的喜怒哀乐点染
回馈自然
又回馈社会
人生

来自西子湖畔的问候

早安
早安
带着东方的霞光
——朝霞
带着初冬的凉意
用万余步的激情
坚持
送来
出自西子湖畔的问候
早安！

太阳花(向日葵)啊
昂起了头颅
带着自信
或许是高傲
自豪地绽放庄严的笑容
迎着阳光
迎着太阳
伴随着我们不老的青春
一路前行
阳光正好！

双十一

这一天是十一月十一
这一天也是十月十五
这一天是平常的一天
这一天也是特殊的一天
这一天
我们是孤独的
这一天
我们却又是喧闹的

当我们拖着疲惫的身躯
迈入
这光影斑驳的
小道
一轮明月,高挂在天空
遥望着
普照着
迟归的旅者

我是孤独的
它也是孤独的

[注]指2019年11月11日农历十月十五,既是红火的电商“双十一”,也是中国传统下元节,用来祭祀水官和祖先。

此夜无雨声

夜
没有阳光
没有车流
没有人群

夜
是倦鸟
是归禽
是黑色的家

在门外
是寂静
是迷蒙
是消亡的雨声

落地窗前
高楼　低瓦
远光　近影
依稀
冷漠

一个个的白昼
一次次的黑暗
从远古到现今
无以逃脱
无法释怀

蒙蔽着双眼在白天
睁开着眼睛在黑夜
“黑夜给了我黑色的眼睛”[1]
我用它寻找生活的点滴
——雨声

---

① 顾城.顾城诗集[M].北京:人民日报出版社,2018.

彩色的屋

海
海风
海浪
一排排的桅杆

岛
港口
港湾
停泊的舰船

寂静的
彩色的农屋
和屋后遍地盛开的野花
这是归航的期待

渔屋上
映衬着
海浪　渔帆
和许多青春的面孔

那是海岛上的春天

分 手

一

在伤心与温暖之间
相距很近
近到只有语法里
抒情句与感叹句的距离

在陌路和情人之间
间隔很近
近到只有心胸里
是你还是她(他)的距离

在分与合之间
间距很近
近到只有PANTONE色卡里
紫红与草绿的距离

在仇人和亲人之间
距离很近
近到只有理智里
一个男孩和一个女孩的距离

二

这其实是一种病症

一种恐惧
一种自我
一种自私
或者贪婪
一种自信
或者自卑
一种理智
或者偏执
一种坚守
或者放弃
一种随意
或者不负责任

三

它有点像现代的流行病
靠语言传播
用行动扩散
因为态度而蔓延
由于无情而破碎

男人会被感染

女人会被感染
男人和女人都会被感染
年轻人和年长者都会被感染

背对背
心隔着心
语言是一把刀
它把好字切开

冷漠
是一种暴力
是它的性别
他们都没有找到病根
都没有去医治
在无意
和有意之间

四

有时候这会误以为潇洒
或者洒脱
在西装革履
或者衣冠楚楚的背后
或许是一路金光闪闪的铜臭
或者是一场青春的挥霍
一笔赌注

虽然，暗地里喷涌的
是难以抑制的泪水
焦虑
和一双
两双
懵懂无知的期待
以及一生里
原本应该扶持的双手
一地鸡毛

[注]此篇又名离婚，因有感于社会高度变幻、家庭问题而作。

另参见[俄]安娜·阿赫玛托娃.离异·我会爱[M].高莽，译.上海:上海文化出版社，2018.

起风的晚上

天黑了
脚步与风较量
用上了拙劣的马步
气功
比试谁的力量更大
更有耐力

天山下阴风的呼号
有些吓人
在屋里也能感受到它
撕心裂肺的仇恨
脾性

在这里
戈壁滩上难得的雨点
像是对异乡人的馈赠
问候
一点点落在我的身上
有些疼
有些凉
又有些体贴

与劲风混和在一起
有说不出来的滋味

[注]作于2020年7月在西北边陲新疆维吾尔自治区阿克苏库车县援疆就医途中。

白天与黑夜（组诗）

正午

一

一个个的白天
一次次的黑暗
从远古
从茹毛饮血的时光
到如今
到现世
劳作或者悠闲
从没有停下它黑色的
或者苍白的脚步
无以逃脱
它的光顾
青睐
任性
或者无情

二

它有两个世界

一个来自火星
一个来自水星
在火与水的较量中
无一例外地　每次
出现了胶着的状态
即使
有时候出现
少许的此消彼长

这是一个“八卦”的世界
它用黑色的眼睛寻找光明
又用白色的眼睛
洞悉黑暗
白天
我把双眼蒙蔽
黑夜
我把眼睛洞开

黄昏
三

在白天和黑夜的搏斗中
我深陷其中
却无能为力
我是它的子民
是岁月的臣子

犹如幼稚园餐盘里的装点
白色的
或者黑色的
无法选择
无法舍弃
似乎一切都是安装好的
如此固执
冷漠
毫无商量　通融的余地

四

我是黑白棋局里的一颗棋子
我在
365天黑白相间的格子里
苦思冥想
想立足
却又被围困
猎杀
虽极力挣扎
也无法逃脱
时间老人的魔咒
任凭岁月逝去
在白天与黑夜之间
一次又一次地失手
让

青春无痕

清晨

五

我是白天的奴隶
我是黑夜的主人
我蒙蔽了双眼在白天
我睁开着眼睛在黑夜

六

白天是座豪华的赌场
老虎机总在不停
快速地旋转
一群又一群的赌徒
赌上了名誉
性命
友谊和爱情

七

黑夜
却是情人的一张温床
是繁星下
一片处子的静海

任凭你在温床里翻滚
或者
在爱的海洋里翱翔

上午

八

白天是天
黑夜是地
我在白天的天空中飞翔
黑夜,我又回到了人间
回到了大地
回到了母亲的怀抱

九

我在黎明时出发
脚踩传说中的风火轮
蒸腾而上
我在白天与黑夜的交合处
看到了它们的
暧昧
缠绵
无限温情

十

我顺着重生的天光
俯瞰大地
看见黄色的土地上长出了禾苗
开出了花蕊
那里是一片生机

虽然时常有硝烟弥漫
有成群的同胞
示威游行,要表达心声
有病毒肆虐
有尔虞我诈
不公
可那里仍有成片的绿色
生机
有和风
碧波
还有地老天久

下午

十一

白天是个青年
它是主人
黑夜是位老汉

他只是个过客

阳光让年轻人成长
长得热血沸腾
月亮和星星让老人思考
它沉默不语

十二

鲜花因为汗水的蒸发而枯萎
太阳慵懒地翻了个身

它匆匆升起
又缓缓落下了
等待年迈的父亲
把它叫起

尾声·黎明

十三

白天和黑夜在八卦地里翻滚
我睁开迷蒙的眼睛
是一个非真非幻的印记
在亦明亦虚的人生里
有一声新生儿清亮的啼哭
如雄鸡打鸣出的黎明
等待一轮太阳的升起

松瀑山瀑布[1]

山是年轻的
水是冲动的
天空是黑色的
亲人是开心的

今天是父亲节
2020年夏天的那个
是父亲鬓发由花变白的那个
这也是夏的节日

山洪在河谷里直泄而下
不惧巨石的阻挡
不屑松柏的央求
带着黄色土地的咆哮
坦诚
一次又一次地奔腾

有些像发泄
出了长时间心中的淤积

① 松瀑山瀑布坐落于南山景区,位于浙江省义乌市赤岸镇境内。

或者逼迫
在狂风暴雨的鼓动下
奋不顾身
经历了全球新冠疫情的压抑
终于喷涌而出
犹如我们的日子
一去不再回头

宛若初见

你莞尔一笑
带着去年的桃花
喜悦
隐藏着几分初夏的羞涩
热情地
迎接我的光顾

没有惊喜
没有多少隔阂
一定是我们前世诚恳的约定
一切自然而然地
等待我的出现
在诗情画意的水乡
在那张松木桌旁
用那勺平淡无奇的清泉
见面
没有多少浓度
只有来自自然的坦诚

我知道
你是天然的

出自朝露
炊烟
彼此用不着握手
寒暄
我也能感觉得到你的温度
无须太急切
无须太浓烈
就让时间这把老壶
慢慢地煎熬
加热
等待把酒言欢的黄昏

我们用眼睛
行贴面礼
或者
做一个大大的拥抱
我能感觉到你心底里的涟漪
在一片过往的湖面之上
与我相遇
懵懂的
不解人间的风情
你依然自若淡定
还是以前的模样
我躬身而下
把它储存在平静的湖面之下
不让人发现

我想问你
在你的眼中
我可还是当年的样子?

低　头

低头
你低着头
有意
或者无意地低头
不是出于礼貌
也不是因为羞怯

手心里，朋友圈
抖音
快手……
是你我心底里的牵挂
为了那千里之外的0和1
你默默低下了头
注视着属于你
和不属于你的一切

在深秋
凌厉的北风中
在清晨忙碌的
车流里
你认真

专注地低着头
任凭岁月
散发出嘈杂的轰鸣
你
你用无所顾忌的纯粹
寻觅着
属于白天或者夜晚的一切

低头
在生活的压力下
你低下了倔犟
高傲的头
带着几分无奈
或者是暂时的解脱
或者是逃避
用掌心
遮盖住你清秀的身体
懦弱的内心

你在高楼家的盒子里
低头
在方块桌边
在居室
在客厅
你聚精会神地低着头
甚至冷落了生活的年龄

风采
掌心里的数字
讯息
用外星人般魔幻的外表
机灵
吸引着你的目光
情谊和爱情

在晴朗的阳光下
在生命
空旷的田地里
你低头
用你掌中的工具
前行
摸索
那身后的影子
它跟随着你
如影随形
亦步亦趋
也低着头
摸索　前行
在晴朗
温暖的阳光下
与你生死与共
那是另一个你

病 毒

2020年的春节
没有烟花
没有爆竹
甚至没有除夕
没有春节
上帝喜欢许许多多的口罩
许许多多的防护衣
它有许多双关注的眼睛
忧郁的
和无奈的微笑

这里有一场战役
人类战斗得很激烈
很持久
谁也没有预测到它
从冬天战斗到了春天
从春天拼搏到了夏天
从东方延烧到了西方
从陆地蔓延到了海洋
天空

许多人在战斗中
被击中倒下
受伤
或者阵亡
又有不少队伍开赴前线
投入战斗
人类大片大片的领地被攻陷
指挥部墙壁上地图的色彩
一片片
从绿色被染成了红色
深褐色
甚至黑色

这一群可恶的
异常狡猾的敌人
对手
对人类
使用了一种剧烈的杀伤性武器
这是一场没有硝烟
没有退路
必须战胜的战斗！

父与女

父亲载着女儿在人海里穿行
这平常的一幕
一景
是迟归的黄昏
是匆忙的早晨

矮矮的座架
无法抵挡掌心里的呵护
车轮小小
滚动的是女儿
心底里满腔的信任

这不是第一次
我可以肯定
一周　一月　一年
不仅仅是春播
夏收夏种
秋天
和冰雪的季节
可以肯定
肯定还有晴晒

雨下
起雾的清晨
黄昏
或者飘着雪花的
童年
和青春

女儿的坐垫
已经升高
就像她的身体
每天都在变化
犹如我家多年前凤凰牌自行车上
儿子的座位
先是在前
后又在后
伴随着他
一圈圈从无锡转到了宁波
北京
奔向更遥远的地方

【辑三】围巾

梦在我柔软的枕边萌生
用无形的手脚把我高高举起
在黑夜黑色的土地上
把捆绑的翅膀放开
去往梦想的世界

手工布包一 （2020）

手工布包二 （2020）

手工布包五 （2020）

手工布包三 （2020）

手工环保袋 贴布绣 （2018）

手工布包四 （2019）

一个梦

梦在我柔软的枕边萌生
用无形的手把我高高举起
在黑夜黑色的土地上
将纷扰的现实放飞

我寻找
趁着天色昏黑
无须顾忌白昼的嘈杂
耀眼
把捆绑的翅膀放开
去往梦想的世界

即使一次次碰壁
搜寻
我依然如故
怀揣着不息的渴望
寻觅现实之外的真心

拔　牙

每天在一起的好朋友
某一天也会分手
有时候是故意的
有时候也许无可奈何

母亲生我的时候是如何计划的
或许时间太过久远
已经无法搞清
可是很可能没有料到今天

反正母亲已经离开了
就只能自己做主
分就分
合就合
也仅一支烟的工夫
算了

弹　簧

将刚硬的脾性
弯曲
曲折成内心的弧度
躲开外向的棱角
耿直
成就我们温和的样子

将自己的习惯
错位
交错成今天与昨天的
不同
沿着
前进或者后退的方向

时间的洪流啊
总是追逐着
试探着
我们的骨气
感受
要么铁骨铮铮
要么，逆来顺受

不必计较
曾经的付出
收获
随着时间的历史[1]
可逆的
或者不可确定的
过去的就让它过去吧
只需心里
永远保存着原本的一切
初心

2019.11.30 于金华

① 参见1977年诺贝尔化学奖获得者[比]伊利亚·普里戈金著;湛敏,译.确定性的终结:时间、混沌与新自然法则[M].上海:上海世纪出版集团,2015.

像少女一样的女人

是一页粉色
飘扬在秋天的山林
多彩
凝重
与深切

还不是很适应
你齐肩的短发
被剪掉的不仅仅是
逝去的年龄
还有
初春的懵懂
和绿色

在高高的山岗
在你的脚下
川流不息的涧水啊
从林子里来
到平凡中去
正如你的轻柔
透澈

银铃般,在岁月里翻滚
流行

你应该是一本书吧
一幅字
或许还是一方老桌上的
笔　墨　纸　砚
栖息在
孩子熟睡后
古色　传统的日记里
等待
青春出土
发芽

外　套
（歌词）

我是你的一件外套
漂亮的外套
天天穿在你的身上
为你遮风
为你挡雨
也时时温暖着你的心

我是你的一件外套
漂亮的外套
天天穿在你的身上
可是现在，你又有了新的
你不再需要我的心

外套　外套
温暖的外套
外套　外套
可悲的外套
外套　外套
漂亮的外套
外套　外套
可悲的外套

为了美丽

——受海子同名诗歌启发而作

为了美丽
你在脸上做起实验
用上了
刀
钳
夹子
还有化学试剂

为了美丽
你在身上也做了试验
用上了水果
蔬菜
蒸汽
火焰
甚至机器

春/夏 秋/冬
一季季的色彩穿行世界
经历了身体的
检验

一层层栖息在试架
和柜子里

第一次穿花裙子的小女孩
那时候
正从外面回来
她和妈妈说
“我想要一双漂亮的鞋子
试一试”

口香糖

——观影有感

距离这么近
我听到了你心跳的声音
你的眼睛这样明亮
那晃动的长睫毛快触到了我的眼睛

距离这么近
我听到了你口香糖嚼动的声音
那嘴唇一次次的蠕动
分明是你心跳加速的反应

距离这么近
我看到了你嘴角扬起的笑声
那眼睛悄悄地顾盼
是否是你nice to see you的呼声

距离这么近
我感受到了你心底里的颤音
在这相遇的生命里
什么时候才是你诚挚的邀请

出　走

我的步子没有动
可我的心已经离开
我要以什么作标志
是一个告别
还是一封辞职信
我无法确定

有人说
“世界很精彩，
我想去看看”
这诗啊就是我的远方
我拿起书本，开始遥望
遥远的他乡

我应该用什么方式离开呢？
“骑马
劈柴
周游世界”①
我打了一会坐
奔向意念里的天空

① 海子.海子的诗.江西人民文学出版社，2017.

二 胎

——献给二胎者的歌

妹妹
你为什么来得这么晚?
是不是你要排队走进开放的大门
怪不得啊,你的小腿这样结实
健壮
胖嘟嘟的
如此可爱

弟弟
你为什么来得这么晚?
害得我这些年总缺少亲密的玩伴
一个人承受着爸爸妈妈
老人们太多的爱
小小的书包啊
相当沉重

弟弟
妹妹
你们一定要快快长大
家里有这么多玩具

我不会和你抢
当我背着书包放学回家时
你一定要给我唱一首歌
让我们听着歌曲
快快乐乐地健康成长

醉酒歌

说不清为什么杯相碰
说不清为什么兄弟相称
或许是因为太阳的离别
远方的远方

说不清留下了什么
或许只有天空中月亮的孤独
记忆里没有色彩
为什么星星也离开了它

明天的天气来得有些早
小鸟肯定还没有起来
我说不清黎明以后是什么结局
或许是幸福
或许是遗憾
全部都盛在了杯子当中

围　巾
(组诗)

1 历史

旌旗随处可见
有人立在战车上
羽扇纶巾
唯功名在故事里出没
到处是腥风血雨
没有好走的路
纱巾是你出生入死的褒奖
归宿

2 五四

不知什么时候起
在圆明园旁
在黄浦江这边
留下了八国联军的足迹
还有万国银行的高楼
柜台
洋人用枪炮做的布料子尤其醒目

出彩
给奔腾的“五四”青年鼓舞
壮威
在上海滩上传唱

3 女人

女人这种动物像水
她们穿梭在泥土当中
又像风
像亮光
用贵重的材质打造
就为了娇羞的身体
有时有形
有时有意
随时序变幻
任南北西东来仪

4 围巾

哈哈
说起来真简单
简单的却常是美好的
轻盈的总好过笨拙
薄情的也不逊于无耻

河水在田地里流淌
依照它的规则

相聚也好
散漫也罢
探寻着它的尽头
像风,遮蔽了手脚
无形又无踪
它层叠铺卷　随意
我只一席项布围住自己
任世风吹过
如水一样尽情

棉　花

我说棉花也是一种花
你看它一根根的白豪
就是一片片的花瓣
随着阳光飘舞
绽放

我说白色也是一种色彩
你看它点缀在广袤的大地
虽不浓郁
艳丽
却如天空一样光彩

我说棉花也是一个家
一瓣　两瓣　十瓣
亲密　友好
同在一个屋檐下
虽然清贫却富有

元　旦

从无知
到天命
许许多多个元始
一次次启程
一个个结束
春节　除夕
圣诞　新年
……
送走的是一份份心情
收获，迎来的
也是一份份心情
希望　祈祷
祝愿　信心

无数次杯觥
无数次畅叙
用几杯清酒
几支烟卷
点燃
烧尽三百六十五日的疲惫
辛劳

几缕青烟
飘然空中
五十四度的麻醉剂
或者十三度的迷魂汤
吞服下
三百六十五夜的不眠
要么迷醉
要么孑然

羊儿与羊毛

羊儿爱吃草
咩　咩
绵羊肥
山羊俏
长长的脑袋
厚厚的嘴唇
像个老奶奶囫囵吞枣
慢慢地嚼

羊袄披在羊身上
毛儿细
毛儿长长
又卷卷
爹抓羊来娘快剪
剪下羊毛一件件
白白的羊毛像白云
穿在身上暖又轻
边剪羊毛边歌唱①
动人的歌谣传四方

① 如澳大利亚民歌《剪羊毛》。

白羊毛
金羊毛[1]
劳动的果实幸福甜

① 希腊神话伊阿松、美狄亚和金羊毛的故事，不少古典油画等艺术作品中有所表现。

女性的时刻

祖母　外祖母
母亲
妻子
女儿
我不知道如何呼唤你
你们
我不知道怎样概括你
带着敬佩
感激
还是问候
照护

这是你的世界
是你的时刻
我不知道如何去归纳
用一句话
还是用一首首的文字
乐曲
是为了母亲
爱情
还是因为其中的懵懂纯洁

或者随性叛逆

是为了容易逝去的容颜
短暂的青春
还是自然界美丽的倩影
温和
善良
即使蹒跚的脚步
仍是一如既往的勤劳
坚韧

袜　子

一

说起来有点亏
有点郁闷
它总是弯着腰
总是缩着头
总是被踩在脚下
承受着最大的压力

总是地位低下
总是骨肉分离
总是逆来顺受
柔软着身段
迎合他人
总是遭受禁闭
忍受着春夏秋冬的
南来北往

二

不一定要太固执

扯就扯
收便收
我甘心委屈自己
为了减轻你的付出
维护你的根基

有时候我也会放开胆子
仰起高高的身躯
任他人评说
尽情地展示自己
吸引众人的目光
我装着什么也没有瞧见
只一路向前

连衣裙

这是一件作品
它为你而构思
为你创作
为你登台

这是一种装饰
它为你取材
为你设计
为你添彩

它是你的身体
从上到下
因为你而起伏
为你舞动
为你飘洒

它是你的心情
从里到外
因为你而高傲
为你洒脱
为你妩媚

外　套

不与面具为伍
我不把心底里的表情伪装
掩饰
我只要
披一身外衣
挡一挡外界的风尘
蜚语流言

我就属于我吧
是好是坏
由自己保护
时时洗刷
晾晒
将它储藏
珍惜

不让光阴太耀眼
风雨太猛烈
遮风也好
防雨也罢
就挡一挡世间的纷扰

雨雪风霜

内心的总归是内心的
是强是弱
总自己知道
能防就防
该避就避
让它释然
随缘

请用手机扫码

——2020冬北京之行有感

上车
请用手机扫码
下车
请扫码下车
转车
请用手机扫码
到站
请扫码出站
住宿
请用手机扫码
离开
请扫码离开
吃饭
请用手机扫码
购物
请扫码入场

我的手机已经过时
我的网络有时会卡壳
我的眼睛已经有些昏花

我的动作已经有些迟缓
我的学识已经有点落伍
我无法用手机扫码
我因此不能上车
不能进站
不能到达
不能吃饭
不能购物
我只能游离
只能饿着
我这人啊已经过时
将要被淘汰

距　离

距离是一条溪流
犹如年少时我踩过的
湿滑的苔石
我小心翼翼地赤足从水中蹚过
虽然裤子湿了
我脱下来就把它晾干

距离是一条河流
它没有建造高大的桥梁
我只能靠渡船穿行
从清纯的此岸到年迈的彼岸
虽然它走得有些慢
却总是在靠近

距离是一片大海
我只能想象海对面的景象
却无法跨越
无法靠近

因为没有桥
没有船
也没有飞行器
无法停泊在你的港湾
或者机场

重　量

一

科学家说
重量是自然界的一种引力
你的质量越大
重量也越重

社会学家说
重量是一种责任
你的责任越重
重量也越大

二

工作　事业
家庭
老人
社会的责任
社会的义务
每一个项目就是一份重量
每一个角色就有一种压力

项目越多　重量越重
角色越大　重量也越重

三

重量是有形的
它像房子
常常用金钱衡量

重量是无形的
它犹如爱人的抱怨
子女的任性,它
常常存放在柴米油盐之中
或者孩子放学的作业簿里

四

重量有时候有形
有时候又无形

它像单位里的考核目标
任务
有时候按办公室规定
用时间计时
有时候按人事处的要求
用工作量计酬

五

重量它像一根链条
或者连环套子
一头连着工作
工作连着酬劳
酬劳套住生活
家庭
所以,人生是一条铁链

六

我们只是这根链条里的一个环节
一个节点
枢纽
它是一个连接站
(不是古老的驿站)
它有时候是配角
有时候是主角
如果这个枢纽断了
那它一生的重量
也就消失了

弹棉花

梆，梆
一张木弓
绷着紧紧的钢弦
一只木锤轻轻落下
一声声古老的声音响起
梆，梆
如同儿时奶奶的催眠声
“睡吧，睡吧”

一丝丝轻盈的花束
在空中飞舞
又落下
梆，梆
成为松软的 温暖的记忆
好像母亲的怀抱啊
还散发着太阳紫外线的味道
梆，梆

女诗人

诗人
你是天空中的一片云彩
你让蓝天有了温度
让天空有了色彩

诗人
你是一位手艺魔术师
你将无形变成了有形
把无情化作了深情

你是一座山
属于四明山脉
你藏着四季的花朵
结出丰盛的果实

你是一位母亲
用生活的乳汁孕育你的诗句
让她成为你的儿女
袒露你的胸怀

橱 窗

橱窗是透明的
珠光宝气
流光溢彩
可是
它像一座坟墓
在它耀眼的背后
是一堆静谧的躯壳
看着
却无法接近

风　衣

一件风衣
你的风衣
在秋风中随风飘荡
伴着你的步伐
你的气质
你的精神
你的憧憬

你的长发
是你一件思索的风衣
你优雅地拢起
让它遮掩住你的情感
你的追求
你的向往
你的努力

你的眼睛
是你一件理想的风衣
你专注的眼神
让它在你平静的外表下扬起
为了你的幸福
你的人生
你的美丽

高跟鞋

踩在我心坎上的
是你的高跟鞋
嘀嗒
嘀嗒
每一个脚步
就是一次重击
蹬得越高
就击打得越深

拨动我心弦的
是你的长发
左边
右边
每一次摆动
就是一记耳光
摆动得越厉害
就摔打得越彻底

你不知道
男人的心不是肉长的
它如一个一个的巢穴
被鞋钉

一次次地击穿
留下
一个个不完整的孔洞

在女人面前
男人没有完美的脸
一次次地抽打
就如揭去一层层的包裹
剩下的
只有血淋淋的内心

三月，我遇见了郁金香

三月，多雨，我出门
就遇见了郁金香
它是否张开着笑脸
脸色红润
或是脸上挂着泪珠
没想到
哭，也这么美丽

这表情有些难以捉摸
更难以归类
究竟，什么时候是羞涩
什么时候会开怀
什么时候温柔
什么时候大方
我用鲜艳的颜色去称量

枕　头

一

木枕　瓷枕
玉枕　布枕
硬枕　软枕
硬的对着硬的
软的围着硬的
硬的头
软的腿
或者心
高枕也许仍然
有忧

二

常常见
外表夺目
光彩
肚内却空空
靠一双双巧手绣出鸳鸯戏水
耳鬓厮磨间

芯子里胡乱填充些枯草野茎
我不愿徒此虚名

三

人生有高有低
像枕
得你我相依
相靠
补一补自己的不足

我们不一定要站着
时时躺下
或者倚靠
放低自己
就是寻找一种支撑的力量

四

枕
枕头
枕腰
枕脚
枕一枕我们的心灵

昨天，我瞧见那位靓丽的女孩

大路边
一双秀脚高高地枕在桌上
她是为了捧着手机的
辛劳

五

枕一枕我们的心吧
亲
用音乐
用书籍
用旅行
用自然
用看不见,摸不着的
用看得见,摸不着的
用看得见,摸得着的
最好是你的
我的

一个叫库车的地方

在祖国的西部有个地方叫做库车
那里很远 很远
远到
空旷的戈壁公路没有尽头
远到一座座群山连连绵绵
我来到库车就走进了枣园
看见树上挂满一串串的大枣
那上面泛黄色的尘土
盖不住红褐色的枣身
它显得依然纯朴饱满

古老县城里的姑娘迎风招展
维吾尔族
汉族
在这厚重的土地上
她们的肤色都是相同的

我的家乡在祖国东部的大海边
可是我记住了库车这个地方
它丰盛的果实让我流连
还有那飞扬的歌声
和美丽的姑娘

新疆棉

一个偌大的世界
止不住
也开出几朵白色的“罂粟花”
洁白的棉花
神奇地变成了锋利的武器
白色的匕首
白色的箭
从西方射向东方
占据无所不能的舆论的要地
柔中带刚
白中有血

他们不在乎它的品质
长度　品种
长绒棉[①]
细绒棉
粗绒棉
马克隆值[②]
或者它的柔和
温暖

---

① 长绒棉、细绒棉、粗绒棉为棉花品种类别。
② 马克隆值等为棉花的品质指标。

白净
和丰收的喜悦
掩藏在维族姑娘的歌舞里
在中国广袤的西部边陲

在黄色的土地上
长出的金子是白色的
它听不懂
东方
或者西方的语言
它是如此细洁
温柔
美丽
丰满①
犹如天山上流淌下来的雪水
被珍惜
被灌溉
永远不会停息

一畦畦整齐的白练
是大地上又一片晴朗的天空
我不在乎天空什么材质
只要那些云朵清白就足够了
因为，棉花不是武器

① 专业术语，指比较蓬松，具有弹性。

拼　布[1]

一

把完整的分解成零碎的
你专注的表情
犹如主治医生在手术
手艺
工匠之外
似乎没有了其他

二

把零碎的拼接成完整的
犹如好手艺的竹篾师傅

一针一线
你在灯光下编织的是什么？
是事业
理想
还是生活

① 拼布——纤维艺术的一种纺织设计手工艺术表现形式。

三

将做事大胆
果断
与性格温顺拼合

将性格外向
活泼
与性格内向拼合

这是谁的主意?

四

将天空
相同
或者不同的图案分割

将大地
相同
或者不同的色彩拼接

蓝色的天空
出现了丰富的图案
色彩

天空上为什么会飘着这么多的梦想?

银　幕

总保持白色　洁净
把自己绷得很紧
面对别人所有的照射
将过去的一切呈现
一帧帧
一步步
是谁让生活加速
生命浓缩
把精彩的光影呈现

等待光影褪去
你依旧如初
故事已经落幕
人生刚刚开始
像手心里的一块冰淇淋
有点冰
有点甜
被时间熔化成一摊冰水
难以拾起

筛　子

织一张网
不要太满
让许多地方空着

过滤下值得留住的
放过
那些心眼儿小的

网

别让一张网
网住自己
像一口老井里的青蛙
天天叫唤着
却只能看见有限的天空

别让一张网
网住自己
纵使你有无比强健的身体
却被网绳束缚住了手脚
难以施展

别让一张网
网住自己
虽然你有出众的才华
却无法驰骋你的思想
实现你的自由

篷　布

就是为了遮风挡雨
阳光,如夸奖一般过于热烈
或者像倾盆大雨一样
过于无情

有时候也会有风
或者雪
看起来柔和
随意
冻起来
能让你刺骨凌厉

所以找一块厚厚的篷布
重重地把自己盖住
似乎就是为了透不过气来
这是遮挡的意义

轮　语

这是一个什么样的世界
圆圆的
鼓鼓的
肋骨一根根支撑着庞大的身体
不停地旋转
前行

这是轮子的世界
大的 中的 小的
R19　R15　R14
孤独地
成双成对的
从古时候的八抬大轿
独轮车
到曾经两个轮子
单薄的前座和后座
到如今高傲的四轮汽车
6个　8个　12个
或者更多……

这是个圆的世界
在这个世界上有多少人类

就有多少个轮回
它们不需要语言
只需要不停地
向前
或者后退
有时候它们也会停下
只是肚子里仍憋着一肚子的气
或者也会受伤
泄气
难以到达理想的明天

在轮世间的道路上
需要一种秩序
你走你的
我走我的
我们可以相望
却不能靠近
有时候距离也是一种需要
也是一种美好

背　包

一

背一个空荡荡的背包
装上年轻
装上潇洒
装上快乐的心情
和美好的憧憬
想象

二

没有豪华的工具
两个轮子的单车就很好
没有鼓鼓的钱包
有青春的面孔相伴
出发
就从这里出发
在父母视线的脚下
在城市的门前

三

一个沉甸甸的背包
装满了青春的岁月
梦想
从南方到北方
从乡村到城市
从校园到工厂
里面装的不仅仅是喜悦
还有许多的落魄
惆怅

四

一个小小的背包
你像是我的伙伴
是我流动的家
你是我快乐的补给站
是我伤心的收容所
你是趴在父亲背上乖巧的孩子
是母亲怀里安详的宠儿

五

背包
你用单肩跨越海洋

里面填满了故乡的嘱托
思念
你也用双肩扛起道义
里面承载了许多老师的教诲
期待

六

一个小小的背包
你有着坚韧的脾气
性格
你承受住了无数次的重压
你有足够的胸怀
包容下生活的琐碎和信任
你是这般淡定
平和
可以因陋就简
随遇而安
也可以很奢侈
享受高贵荣华
可是你的内心仍如此充实
实在
层次分明

我染上墨汁的手茧

握了几十年了
中指上厚厚的老茧
不小心染上了黑黑的墨汁
无法洗去

我想去刮
却发现它是一层层厚厚的积淀
那是多少日积蓄的宝藏？
书柜里好几摞多年前的读书笔记
我在寻找
却没有哪家银行可以收储
当一些人清点银行里的账户
或者房产的时候
我半夜突然从床上跃起
翻看柜子里当年留下的笔记
我不知道这是一种喜悦
还是一种苍凉？

中指上厚厚的老茧
黑黑的墨汁啊
你哪里有美丽的容颜

英俊的潇洒
你的黑或者白
如此单调
明显
那是我生命里的土丘
需要你我去翻越
分享

别

一

青春
你走好！
你小心脚下的路
不必回头

曾经的踌躇
迷惘
挫折
你无须恐惧
前面的未知
无论是工作　事业
还是生活　情感
都请你一往无前

青春
你走好！

二

婴儿的第一声啼哭
是萌芽
是喜悦
是成长

是从虚无到真实
是从传承
到进步
可是,时间
它永不停息
生命
它永不止步
它从有走到了无
如一个火把
如一缕青烟
从有形到无形
从疼爱走到思念
从陪伴走到抛弃
从牵挂走到放手
从期待走到无奈
不再回头

三

它如一根风筝的线
随着量子力学方程
与远方的你
纠缠

在白天
在夜晚
在生活琐碎的中间
在上班与下班的间隙
在老人就医的途中
在子女背诵签字的课本里
再到温冷残留的饭菜里
在天气冷暖的预报里
在劳动收获的喜悦里
在真诚做人的夸奖
回报里

四

你从南方去向北方
我从北方奔向南方
我从高山流向大海
你从大海飞越山峦

你是河流
我是高山
你是大地
我是天空
你是水
我是火焰
你是森林
我是沙漠
你是时间
我是空间
你是精神
我是物质

你总穿行于大地
我却航行于海洋
我们来不及相见
来不及告别

五

挥一挥手
在这寒冷的春季
春天依然迷人
灿烂

可是,发电厂的

线路已经切断
工厂里的机器也已经停息
马路上的车辆已经停靠　熄火
河流里的船舶已经抛锚　靠港
十字路口的红灯已经亮起
小区大门贴上了封条
时钟指针被拨到了
零点
纪年日历被固定在了
猪年除夕

别,春天
你得为春风赐福
放行
请你原谅人类的无知
贪婪
你得用你的慷慨
感化人间的不仁
忽略其中的沉疴渣滓
你得用你明亮的春光
鼓舞大地的勇气
真诚
别!

写诗的目的

在你问我之前
我不知道为什么要写诗
我只看到了天空的辽阔
和大地的色彩

在看到你之前
我不知道为什么要写诗
我只听到了人类的隐秘
和他在忙碌以后的叹息

在遇到你之前
我不知道为什么要写诗
我没有想无病呻吟
只是想告诉你我的真心

【辑四】黑与白

我半夜突然从床上跃起
翻看柜子里当年留下的笔记
我不知道这是一种喜悦
还是一种苍凉？

你的黑或者白
如此单调　明显
那是我生命里的土丘
需要你我去翻越　分享

饰品套件 手工钩编（2020）

圣诞树(侧面) 手工布艺（2020）

圣诞树(底面) 手工布艺（2020）

圣诞树(侧面)　手工布艺　(2020)

饰品　手工金艺　(2020)

饰品套件二　手工金艺　(2020)

饰品套件一　手工绳艺　(2020)

饰品套件三　手工珠艺　(2020)

群[1]

轻轻一点指，
满屏是英才。
来路各不同，
皆是有缘人。

冬　至

冬日风雪至，
最凉是君心。
区区城中事，
惶惶岸上人。

① 此为加入市博联会微信群而作。

咏　梅

晚冬一枝梅，
疏枝兀自开。
连苞次第出，
只为知己来。

咏　鹅

三只黑天鹅，
畅游后园中。
树静风不止，
惜时心何安。

咏落叶

满地落叶与花英，
云气似秋却是春。
纵使雄心千万里，
总须新声换旧音。

小　鸟[1]

小鸟立枝头，
唧唧向窗口。
不知人间疫，
禁闭失自由。

① 2020年抗疫有感。

记三毛[1]

人生短短几十年，
喜怒哀乐半辈子。
欧美亚非千万里，
情真意切留英名。

对《竹》

寂寂花时闭院门，
美人琼阁绘丹青。
春风本意传佳信，
路遇君子问迷津。
勿言耿耿空心物，
浓墨轻影有剑心。

① 三毛原名陈懋平，祖居位于浙江省舟山市定海区小沙镇陈家村。

龙宫

崎岖巍峨入龙宫，
崇山峻岭古风浓。
翠色丛中离尘世，
满流清气在心中。

忆桐庐[①]

二十年前子尚幼，
肩背手抱到富春。
江城街老晨雾重，
客少水清似仙浓。
如今我老儿亦成，
白驹过隙仍初心。
路遥难断天然美，
人间有君处处情。

① 祝贺儿子本科毕业。

雪

片片虚心半空舞，
一生轻盈任有无。
质本洁来还洁去，
洒满人间一时初。

清　明

——清明回乡扫墓抒怀

清明节时雾重重，
雨打车前泪朦胧。
长路漫漫归乡去，
路折新柳思母浓。

五　月

是春是夏好雨中，
如朵如禾长成时。
遮风挡雨慈母线，
一颦一笑念恩亲。

贺[1]

匆匆三十年，
恍惚在昨天。
青葱好年华，
时时留心间。

① 为本科学生毕业三十周年而作。

香 樟

巍巍樟树丫，
高高向天穹。
本是偏旁出，
如今能擎天。

松

人颂雪压腰不弯，
我赞松叶骨铮铮。
不学阔少招耳目，
爱我细小有精神。
一根翠色一颗心，
颗颗银针向天庭。
纵然树老皮也裂，
百年耿直在乾坤。

听　鸟

东部西城草木新，
黎明黄昏百鸟鸣。
春雨淅淅留过客，
清音声声念君情。

神龙泉

——观国画有感

一袭白练穿山林，
绵绵啸声幽谷深。
迂回曲折平常事，
人间天上共此生。
滔滔不尽天上客，
弹指挥间逝水春。
世事更替无穷尽，
神龙出海云霞升。

春　兰

一枝生多头，
草青华也发。
幽幽兰花草，
淡淡迷人香。
养花需千日，
花开就一时。
人生苦其短，
愿君多相惜。

读父叔兄弟对诗有感

前次飞雪锁江南，
今日兄弟赋新篇。
客海家溪遥相望，
手足情谊老弥坚。
人生自古有四季，
草长莺飞即圆满。
只求双骥精神好，
新时代里忠孝全。

送　别

——仿李叔同《送别》

东门外，
甬江边，
古道海连天，
晚汐拍岸声声漫，
征途山重山。
海之滨，
水之隔，
知交总难得，
半壶清酒别故人，
今夜且欢乐。

东门外，
甬江边，
古道海连天，
送君今去时时还，
忙中也信来。
海之滨，
水之隔，
知交总难得，
生也有涯须珍重，
友谊共长存。

白　丁[1]

我乃一白丁，
偎依锡山下。
得蒙二泉月，
更闻惠山松。
五里河头过，
南长别清明。
十里有长桥，
百亩漂湖鲜。
崇安尝余兴，
东林多气节。
东祭伯渎河，
西走十八湾。
凭湖念吴祖，
跑马许灵山。
一桥飞架通南北，
不尽长江滚滚流！
今兮明兮斯逝水，
赤子丹心在天涯。

---

① 指平民，属军籍的壮丁或没有功名的人。

后 记

——关于诗歌创作和评论的一些思考

经过多遍的审读修改，这部小小作品也终于要付印出版了。正如我想起的一位知名作家所比喻的，如果写作比作妻子分娩（作者的观点，其实这两者之间还是有许多差异的），一件作品的出版发表就像一个自己孩子的诞生。它不一定很完美，甚至会有不少的缺陷，但是经过许许多多个日子漫长的付出和等待，它毕竟实实在在地出现、存在了，就像才第一次看见一样。在这新“生命”出现的时候，说实在的，我没有太多的喜悦和轻松。因为，它的价值和命运我还不知道，而长期以来我一直在思考几个问题，如人们为什么要写诗，什么样的诗能够作为好诗，我们该如何对好的诗歌进行评价和鉴赏等。这些问题在我心里已经压了很久。我希望通过学习、思考、讨论和创作实践能够有所清晰、进步。虽然，在前面的序言、作品中或多或少有一些引述和涉及，但是，我认为还是有必要在这里稍微多写几句，与读者分享一下自己的初衷和思考。

众所周知，根据文学理论，作者创作、读者鉴赏、文学批评是一个文学作品的几个方面，也是作品审美价值和社会意义的体现。一件作品，除了作者自身的创作，读者阅读也是一个他内心接受再创作的过程。虽然不同的读者会产生不同的阅读效果，但是，还是有一些文学的基本规律。作为写作者更需要学习、认识、掌握其中的一些基本理论规律,来指导作者创作出更多更好的作品。下面就是作者一直在考虑的几个基本问题。

一、为什么要写诗?

工作和生活已经这么忙,为什么还要写诗?写诗到底有什么意义?常常会有身边熟悉的人会这样问我。其实,我自己有时候也会在心里一遍遍思考这个问题。正因如此,作者在本书的序言中已经作了一些说明,在特意放在本书篇末的小作《写诗的目的》中也比较简要地回答了这个问题。不过,需要说明的是这些回答和说明都还是很不充分的。我平时看书时会看到有不少作者都说,写作是一种自己与自己的对话,我也非常赞同这种观点。的的确确,写作是作者有所思想、感觉,有所记录、表达的需要。所不同的是,我觉得这些目的和原因还不够。人有不同的成长背景、经历、学识和体会、积累,每个人对人生和事物都有不同的视角、思考和感悟,如果一些人从他的角度对事物进行记录、创作,就能够增加人们对事物的认识,使人们对事物的认识更加全面多元,更加接近事物的本质和更加接近客观真实,从而促进人们对自然、社会和人类自身更准确的认知,也包括对人们情感的积累丰富。文学审美能够抚慰人的心灵,能够提振人抵抗人生困苦的能力。人们需要文学的抚慰和救赎。作者通过创作作品和被读者阅读,能够实现他的一些文学的审美价值和社会作用(如传播服饰文化、民族文化),等等。虽然有些人很反对给予文学这么重大的负荷,事实上,一部单独作品能够起到一部分或者几部分的作用就已经基本实现了其存在的价值。另外，诗还有一个常常被忽视的记录和记忆的功能。"诗人用语言锁住企图逃逸的感觉，又在语言中寻找已经逃逸的感觉。他敲击每一块熟悉的词语的化石，倾听远古时代的陌生的回声。"[①]犹如留住自然界野生的珍稀甚至很普通的物种，要等待未来价值的发现和其作用的发挥。

二、诗应该如何评价？

在学术界，文学评价和批评是一件很严肃的事情。我们知道，小说、散文等文学作品的评价很难，而我认为优秀的诗歌的评价和批评则更加难。这是因为诗有其特殊性，其要求也更高。这些特点是由诗歌文学的语言、音韵节奏、情感性、思想性等独特属性要求所决定的。对一部文学作品而言，每个读者各有各的感觉和评判。即使具有一定专业水平的评论者，一般而言，他们有比较系统、客观的评价学养和能力，但他们也会受其自身学习、生活经验积累、品德素养、思维方式、兴趣喜好、时代等的影响，有评价者其观察和评判独特的视角和标准，甚至有他特有的评价和表达方式。

文学是语言的艺术。它以语言为中介创造、传播艺术形象和艺术典型。诗歌是一种情感性极强、想象很丰富的一种文学体裁。诗的语言要求更加凝练，表达更加朦胧，而自由诗中的格式、断句更加随意。诗的语言、节奏、意境、想象、思想情感的要求更加高，等等。周国平曾说写作的第一原理是感觉的真实。他说"情节可以虚构，思想可以借用，感觉却是既不能虚构，也不能借用的。"[①]这就是我们经常说的作品要

① 周国平.人与永恒(珍藏版)[M].上海：上海人民出版社，2006.7.

有真情实感。而诗歌更加需要如此。由于诗歌受词句、音韵等的严格限制，要使诗歌文学表达得更真实、更真情，而又不落入俗套、耳目一新，则难度更大。这需要作者不断去观察、实践、学习、探索，才能更好地体会、感受，才能达到“此时此刻的你的活生生的自我。”“有人写作是以文字表达真实的感觉，有人写作是以文字掩盖感觉的贫乏。”依他看，作品首先由此分出优劣。诗歌的另一个重要特点是语言的独特性。周国平概括地说：诗是语言的万花筒。写诗是一种练习把话说得简洁独特的方法。诗的最大优点是凝练。它舍弃了一切过渡，它断裂、浓缩、结晶。诗的魅力最根本的是语言的魅力。诗的语言既要出其不意，又要在情理之中，让读者觉得妙不可言，回味隽永。诗要高度集中概括地反映社会生活，它须有丰富的思想感情。要做到这些，它就要有丰富的想象力，包括联想，甚至是幻想，通过精确的语言创造出美好的文学形象和意境。诗歌也是最讲究语言音乐性、富有音乐美感的一种文学体裁，尽管新诗没有如格律诗词那样严格的格式和规则了。另外，诗还须有哲学的思想和深度，等等。

三、什么样的诗是好的诗?

至于什么样的诗才是好诗？怎样才能够创作出好的诗歌？作者认为：所谓好的文学或诗，除了被时间和历史检验、被多方面多角度论争确认的之外，相当部分诗歌的评价还是仁者见仁，智者见智。我比较认同周国平所作的一些格言式的表述，涉及语言、哲学、真实等方面。他说：诗贵朴实。真正能留得下来的还是那些朴实的诗。诗应当单纯。不是简单，不是浅显，单纯得像一滴露水，像处女的一片嘴唇。诗是找回那看世界的第一瞥。诗解除了因熟视无睹而产生的惰性,使平凡的事物回复到它新奇的初生状态。这有点像我本书中所思考和创作的《袜子》《连衣裙》等等,它们很平凡,却不能被熟视无睹。诗应该是朦胧的。因为人的感觉和情绪原本就是朦胧的。朦胧诗也可以写得很真,很朴实。[①]当然要创作一首好诗,光有这些还是很不够的。一首好的诗还需要有丰富的想象力、节奏韵律等独特的音乐性,尤其要有真情实感。这些都是非常重要的。就作者而言,我想追求真实质朴、简洁、自然和谐的美。通过不断细致的观察、思考、感悟,追求具有一定情感共鸣、较有普遍性、哲学性的思想深度。正如自然科学中简单的自然现象内往往蕴涵着更为广泛、深刻的科学原理一样,例如时间、细度(如纳米)等等,质朴也更能真正打动读者的心灵。但是,这里的质朴不是一种粗俗的浅薄,而是一种丰富的简朴,深刻的平淡。然而,无论质朴,还是华美,诗都需要语言文字给予表达。除了格式之外,诗的思想、情感、意象、甚至音韵节奏等等都需要语词加以表现。因此,语言必然是一首好诗的核心和根基。诗的语言平易又凝练很难,简洁又独特很难,用寻常的文字表现出独特的想象、意涵则更加不容易。一时得来一两个好词、好句,或者稍好一点的诗作尚有可能,而要长期做到质朴、独特,形成作者自己特有的风格,而又能不断追寻、有所创新、进步,则更难上加难,绝非几日之功,非赖其天赋和毕生求索不可。也许,寻求人生、生命的意义,不在意义本身,而在寻求。人生的意义就在这寻求的过程之中。这正是我们的一

① 周国平.人与永恒(珍藏版)[M].上海:上海人民出版社,2006.

次美丽的精神探求。

最后,我还要衷心感谢星达先生在百忙中通读了我的书稿,并且特地为本书写序。我把这也当作我们之间多年切磋交往的一次小小合作。他高度专业而又情真意切的剖析和评判也正体现了我们人生和诗歌创作中所应有的一种不懈的努力和探求。

作者

2021年11月24日

参考文献

1. 鲁枢元,等.文学理论[M].上海:华东师范大学出版社,2006.

2. 钱理群,等.中国现代文学三十年[M].北京:北京大学出版社,2012.

3. 徐志摩.徐志摩诗集[M].北京:人民文学出版社,2020.

4. 海子.海子的诗[M].南昌:江西人民文学出版社,2017.

5. 顾城. 顾城诗集[M].人民日报出版社,2018.

6. 李肇星.李肇星诗集[M].上海:上海文汇出版社,2000.

7. 周国平.人与永恒(珍藏版)[M].上海:上海人民出版社,2006.

8. 林乐成,王凯.纤维艺术[M].上海:上海画报出版社,2007.

9. 首翔股份有限公司.拼布人的针线故事[M].郑州:河南科学技术出版社,2013.

10. [俄]安娜·阿赫玛托娃.我会爱[M].高莽,译.上海:上海文化出版社,2018.

11. [比]伊利亚·普里戈金.确定性的终结:时间、混沌与新自然法则[M].湛敏,译.上海:上海世纪出版集团,2015.

12. 姜育恒.专辑:姜育恒的刘家昌之歌2.2003.

13. 潘美辰.专辑:是你·我想有个家.1999.